LE LÉGITIME

PAR

F. DE GOÏRIENA

PARIS

IMPRIMERIE E. CAPIOMONT ET V. RENAULT

6, RUE DES POITEVINS, 6

1883

LE LÉGITIME

PAR

E. DE GOÏRIENA

PARIS

IMPRIMERIE E. CAPIOMONT ET V. RENAULT

RUE DES POITEVINS, 6

1883

Paris.— Imp. E. Cariomont et V. Renault, rue des Poitevins, 6.

NOTE DE L'AUTEUR

Cette petite brochure fut formée l'année 1881.
Dans cet intervalle des événements transcendants
ont eu lieu, et la mort inattendue de Monseigneur
le comte de Chambord, qui a stupéfié le monde
catholique, et l'illusion non moins stupéfiante
dont la légitimité a été la victime, à cause que
cette question n'a pas été agitée jusqu'à présent.
Mais comme dans cette brochure il ne s'agit que
de vérifier le meilleur droit pour succéder dans
l'héritage politique de Monseigneur le comte de
Chambord, droit qui est le même aujourd'hui
qu'hier, nous avons pensé de ne rien changer à
l'écrit.

Qu'on ne nous accuse pas de venir troubler

l'union si compacte opérée dans le parti monar-
chique, parce que cette union est due simplement
à l'élargissement de la base ; élargissez encore la
base, et vous parviendrez à faire disparaître tous
les partis, mais toute union des éléments hétéro-
gènes est violente et peu durable. Ne vous vantez
donc pas de l'union de la lumière avec les té-
nèbres, c'est la façon unique pour que la vérité
ne triomphe jamais. La vérité vilipendée, pour-
suivie, acquiert de la gloire ; la vérité qui tran-
sige, meurt.

LE LÉGITIME

M. l'abbé V. Dumax vient de publier un arbre généalogique du comte de Chambord, du comte de Paris et de tous les princes d'Orléans, et il y met la généalogie de Philippe V, duc d'Anjou ; mais nous avons vu, non sans surprise, qu'en exposant la succession de Philippe V, et en descendant de Don Juan de Bourbon, il fait mention seulement de Don Carlos et du prince d'Asturies Don Jaime ; il a donc oublié par une inadvertance singulière Don Alphonse de Bourbon et Autriche d'Este, quoiqu'il ne soit pas oublié en bien des cœurs français. Cette circonstance qui nous a étonné, et l'acerbe défense que M. l'abbé Dumax fait de la préférence des Orléans sur les Bourbons descendants du duc d'Anjou, au point de qualifier la prétention de ceux-ci de témérité, nous ont poussé à méditer un peu sur cette question ; et la conséquence que nous en déduisons de l'étude, est que c'est précisément Don Alphonse de Bourbon, et non point les Orléans, celui qui a le meilleur droit pour ramasser l'héritage légitime du comte de Chambord.

Ainsi que l'on verra dans l'arbre généalogique que nous joignons à la fin de la brochure, il est hors de doute que les Bourbons d'Espagne se trouvent plus voisins du dernier héritier légitime de la couronne de France que les Orléans, et que, par le droit d'aînesse, les Orléans doivent céder la place aux Bourbons, ce qu'admet aussi M. l'abbé Dumax. Aux Bourbons actuels d'Espagne, suivent ceux des Deux-Siciles, en descendants de Carlos III cinquième fils de Philippe V, et après, ceux de Parme, en descendants de Don Philippe, septième fils de Philippe V.

M. l'abbé V. Dumax, en défendant les droits des princes d'Orléans et réfutant ceux de Bourbons, dit que ceux-ci ne peuvent pas prétendre à la couronne de France, parce que, en premier lieu, les Bourbons sont des princes espagnols, et non français. Cette raison n'est pas sérieuse. Si les princes français peuvent hériter de la couronne d'Espagne, par de raison identique les princes espagnols peuvent hériter de celle de la France, c'est corrélatif ; en outre, tous les Bourbons sont originaires de la même tige, qui est la maison de France. Ce ne fut pas un obstacle au duc d'Anjou, d'être un prince français, pour hériter du trône d'Espagne.

En second lieu, le défenseur des droits des Orléans, peu satisfait de ce premier raisonnement, allègue que les Bourbons ne peuvent jamais avoir la prétention d'hériter de la couronne de France, parce que les traités d'Utrecht exclurent pour toujours Philippe V et ses descendants de la couronne de France, en leur substituant son frère le duc de Berry et son oncle le duc d'Orléans ; et parce que le même Philippe V fit le renoncement formel de tous les droits à la couronne de France, pour lui et pour ses descendants, devant les cortès espagnoles et en présence des représentants de France et d'Angleterre, renoncement que publia Louis XIV par lettres patentes, qui furent enregistrées par le Parlement.

Toute cette argumentation, d'une très grande force apparente, 'a aucune valeur réelle à l'égard des droits éventuels des descendants de Philippe V à la couronne de France, parce que, aussi bien dans les engagements pris dans le traité d'Utrecht que dans le renoncement fait devant les cortès espagnoles et les représentants de France et d'Angleterre, il n'y est pas en vue que d'éviter qu'une seule tête ne ceigne les couronnes d'Espagne et de France; c'était le but unique des renonciations de Philippe V. La France et l'Espagne étaient deux nations assez puissantes, chacune par elle-même, et il n'échappait pas aux autres nations que, si les deux couronnes tombaient sur une tête, c'en était fait de l'équilibre européen, c'est ce que les nations tentèrent d'obvier, en forçant Philippe V à renoncer, pour lui et pour ses descendants, aux droits éventuels à la couronne de France. En effet, on commença à craindre très sérieusement que Philippe V n'héritât pas de la couronne de France, parce qu'il arriva que dans une seule semaine moururent ses deux frères et son père le Grand Dauphin et c'est pour cette raison que Louis XIV expédia d'autres lettres patentes relevant Philippe V de son renoncement, et lui réservant ses droits à défaut du duc de Bourgogne; ce fut aussi cette mesure qui

alarma davantage les alliés, au point qu'ils signè-
rent le 11 septembre 1701 une nouvelle ligue,
dont l'article 6 établit que jamais les ligueurs
ne permettraient la réunion d'Espagne et de
France.

Le renoncement de Philippe V devant la nation
espagnole à ses droits sur la couronne de France
n'avait non plus d'autre but que d'éviter la réunion
des deux nations, parce que les Espagnols crai-
gnaient naturellement que Philippe V, comme
prince français, ne préférât le trône de France à
celui d'Espagne, et ils se révoltaient à la pensée
de l'éventualité de se trouver quelque jour sous
la domination de la France. Autrement, qu'est-ce
que les Espagnols pourraient désirer de mieux, si
ce n'est que leur roi parvinsse à hériter de toutes
les nations du monde.

La clause du renoncement de Philippe V à la
couronne de France, pour lui et pour ses descendants, ne porte aucune atteinte aux droits éventuels des descendants, hors l'incompatibilité des
deux couronnes. Et en voici une autre raison.
Dans le traité et contrat matrimonial signé le
7 novembre 1659 entre les cours d'Espagne et de
France, pour les noces de Dona Marie-Thérèse

d'Autriche, fille aînée de Philippe IV, avec le jeune roi Louis XIV, Marie-Thérèse renonce à tous ses droits sur la couronne d'Espagne, et quoique le fils ne puisse hériter des droits que n'ont pas ses pères, néanmoins son petit-fils Philippe d'Anjou parvient, seulement par le droit provenant de son aïeule, à hériter de la couronne de Carlos II d'Espagne, conformément aux avis des universités et du Pape sur son meilleur droit. Par conséquent ces renoncements ne visent que l'incompatibilité de porter deux couronnes, pour conserver l'équilibre des nations.

Que de vouloir tirer autre conséquence du fait des renonciations de Philippe V à la couronne de France, pour lui et ses descendants, ce serait vraiment une témérité (nous ne faisons que retourner le mot), parce que Philippe d'Anjou avait-il commis par hasard quelque crime de lèse-nations, pour qu'elles le privassent lui et les siens de tous leurs droits éventuels? Si Philippe abandonnait la couronne d'Espagne, il n'y avait aucune cause à alléguer contre lui, alors il pouvait ceindre la couronne de France, preuve, le relèvement de sa renonciation par Louis XIV. Quelle grâce ou compensation les nations octroyaient-elles d'ailleurs à Philippe pour son renoncement à la couronne de France? Aucune. Philippe d'Anjou monta sur le trône d'Espagne par droit propre, appuyé dans ses armes victorieuses. En quoi intéressait-il les nations que l'héritier du trône de France ou d'Espagne s'appelât Anjou, Berry ou Orléans? En rien. Seulement le titre d'Anjou leur faisait de l'ombre, car celui-ci, et nul autre, avait hérité de la couronne d'Espagne. Donc le vrai motif de renonciations de Philippe V, ce fut seulement d'éviter qu'une seule personne ne ceignît les couronnes d'Espagne et de France, et ne se rompît par là l'équilibre européen.

Et ce qui est plus, les nations ne peuvent priver aucun Bourbon, ni qui que ce soit, des droits qu'il a sur la couronne d'une nation, tant que le prétendant ne porte aucune atteinte à leur droit, tant qu'il n'y a rupture de l'équilibre, n'auraient-elles aucun droit de le prétendre. Par conséquent, Philippe d'Anjou n'ayant commis aucun crime envers les nations, ni reçu aucune compensation contre son renoncement à la couronne de France, il est évident qu'il n'y eut d'autre cause de renonciation que l'incompatibilité des deux couronnes.

Alors, n'existant pas cet inconvénient, n'héritant pas de la couronne d'Espagne, le prétendant à celle de France, les droits éventuels des Bourbons ne sont pas atteints, ils restent sains et saufs. Les Orléans donc pourront s'asseoir sur le trône de France révolutionnairement, mais s'ils aiment à régner légitimement, après les jours du comte de Chambord, il faut qu'ils attendent jusqu'à l'extinction de toutes les branches Bourbonniques, descendantes de Philippe V de Bourbon, duc d'Anjou.

Nous avons bien vu plus haut la pensée des ligueurs en faisant la guerre appelée de succession, alors qu'en 1701 ils s'engagèrent à ne jamais tolérer que les royaumes d'Espagne et de France s'unissent. Mais encore, pour la plus claire intelligence du traité d'Utrecht, et du sens et portée des renonciations de Philippe V, il convient de connaître les préliminaires, ou bases, qui précédèrent ledit congrès d'Utrecht. Par la mort de l'empereur Joseph d'Autriche, la couronne de l'Empire passa sur la tête de son frère l'archiduc Charles, déjà décoré par les alliés du titre de roi d'Espagne. Les raisons qu'on avait alléguées contre la maison de Bourbon, pour exclure le duc d'Anjou de la monarchie espagnole devenaient concluantes contre l'archiduc, qui allait réunir dans sa couronne l'empire d'Autriche et la monarchie espagnole, en cas de réussite dans ses prétentions contre le duc d'Anjou. Ces considérations déterminèrent la reine Anne à écouter les propositions de paix faites par la France, lesquelles furent agréées à Londres le 8 octobre 1711. Les préliminaires du congrès d'Utrecht, qui en furent la conséquence, ne contiennent que sept articles, et quant aux renonciations, seulement l'on établit en eux, *que la couronne d'Espagne ne sera jamais réunie à celle de la France.* C'est exprès. Alors donc les renoncements faits dans le congrès d'Utrecht n'ont point d'autre signification, ni d'autre portée, que d'éviter la réunion des couronnes d'Espagne et de France sur une seule tête, c'est évident. Donc, sauf cet inconvénient, les droits éventuels des Bourbons à la couronne de France restent dans toute leur force et vigueur, et par conséquent le renoncement de Philippe V est considéré comme non avenu, sauf l'incompatibilité.

Nous ne voulons pas parler de l'incompatibilité des Orléans avec la légitimité, ni des renonciations de Philippe-Égalité, et d'autres faits publics politiques, qu'il vaut mieux laisser de côté. Il n'y a personne qui ignore les attachements des Orléans à la Révolution. Quelle garantie offrent-ils donc à la nation, ceux qui font étalage de leur dévouement aux principes de 1789, qui ont ébranlé la société de ses gonds, et la tiennent en perpétuel trouble et malaise? La nation n'a en eux d'autre garantie ni d'autre espoir que de rester attelée au char de la Révolution pour toujours. La nation est sûre qu'elle n'aura des Orléans, ni le triomphe de la religion, ni les libertés populaires. En outre, la visite des Orléans à Frohsdorf ne change pas le droit.

Le meilleur droit des Bourbons reste assez bien démontré, ce nous semble, pour recueillir l'héritage légitime du comte de Chambord, soit que l'on considère l'essence, ou les bases, du traité d'Utrecht, ou bien les renoncements de Philippe V ; soit qu'on fasse attention au renoncement de l'aïeule de Philippe V et à ses conséquences négatives, ou à l'impossibilité où se trouvent les nations, hors de la rupture de l'équilibre, pour priver personne de ses droits à une couronne. D'autre part, le meilleur droit des

Bourbons, d'après l'ordre d'aînesse, n'est pas contesté. Les Bourbons sont des descendants directs de Louis XIV; les Orléans ne sont qu'une branche collatérale. Par conséquent, Don Juan de Bourbon s'étant désisté de toute prétention, et Don Carlos et son auguste fils Don Jaime étant irrévocablement liés à la politique espagnole, il est hors de doute que l'héritier présomptif, légitime, de la couronne de France, après les jours du comte de Chambord, c'est S. A. R. l'infant Don Alphonse de Bourbon et Autriche d'Este, le zouave du Pape, le héros de Cuenca, dont les éclatantes qualités chevaleresques, généreuses, pleines de bonté et de rectitude, et des autres dons et vertus qui l'ornent, nous ne voulons pas vanter, pour ne pas blesser sa modestie, et parce qu'il est assez connu et bien aimé du peuple français.

MAISON DE FRANCE.

LOUIS XIII.

PHILIPPE, de France Ier duc d'Orléans.	LOUIS XIV.	

PHILIPPE, de France Ier duc d'Orléans.

PHILIPPE II, d'Orléans.

LOUIS-PHILIPPE.

LOUIS-PHILIPPE.

LOUIS-PHILIPPE Egalité.

LOUIS-PHILIPPE.

FERDINAND Philippe.

LOUIS-PHILIPPE, comte de Paris.

LOUIS XIV.

LOUIS, grand dauphin.

LOUIS, dauphin.

LOUIS XV.

LOUIS, dauphin.

CHARLES X.

CHARLES, duc de Berry.

HENRI V, de Bourbon.

MAISON D'ESPAGNE.

PHILIPPE V, duc d'Anjou.

CARLOS III.

CARLOS IV.

FERDINAND VII. — CARLOS V.

DON JEAN de Bourbon.

DON ALPHONSE de Bourbon et Autriche d'Este. — CARLOS VII.

DON JACQUES prince d'Asturies.

www.ingramcontent.com/pod-product-compliance
Lightning Source LLC
LaVergne TN
LVHW051152060726
842526LV00006B/2352